LES CRIMES

DU

VAUDEVILLE.

LES CRIMES

DU VAUDEVILLE.

Castigat ridendo. . . .

A PARIS,

Chez R O U X , Libraire., Galerie
du Tribunat, N°. 26, derrière le
Théâtre de la République ;
Et chez les Marchands de Nouveautés.

AN IX. — 1801.

AU MINISTRE

DE L'INTÉRIEUR.

CITOYEN,

DERNIEREMENT *le Vaudeville avoit conçu le dessein de s'introduire au Théâtre Français* (1) ; *si le complot n'eut pas été découvert, le petit malin eut révolutionné la scène, et peut-être eut-il fini par mettre en couplets les gémissemens de Melpomène : heureusement que l'œil de la surveillance étoit ouvert sur lui ; vous fûtes instruit, et*

---

(1) On avoit annoncé à ce Théâtre, un VAUDEVILLE sur la Paix, les Journaux publièrent la lettre du Ministre qui en défendoit la représentation.

vous lui défendîtes de faire réson-
ner ses pipeaux dans le temple
de Thalie. Assurément ce joyeux
conspirateur méritoit une puni-
tion exemplaire ; votre indulgente
bonté à son égard, prouve que
vous ne connoissez pas tous ses
crimes ; je viens vous les dévoiler :
nouveau Mutius, je me sacrifie
pour le bien général. Sans regrets,
comme sans crainte, je m'expose
aux pointes que tous les conjurés
ses partisans vont diriger contre
moi. Victime de mon zèle, je puis
succomber sous le poids assommant
des calembourgs ; mais si mes
réflexions vous ont paru de quel-
qu'utilité, je m'applaudirai de
mon courageux dévouement.

Salut et respect,

Hector Chauffier.

LES CRIMES DU VAUDEVILLE.

Les crimes du Vaudeville !... vont
s'écrier tous les petits Manufacturiers
de couplets (1), en voyant le titre de

(1) Dans les temps où un couplet étoit une production
de l'esprit, et que par conséquent tout le monde ne
pouvoit pas en faire, on nommoit Poëte le père de ces
malins, tendres ou joyeux refreins qui, circulant de
bouche en bouche, ranimoient la gaîté de nos bons
ayeux ; mais aujourd'hui c'est différent, l'esprit n'entre
pour rien dans la composition d'un Vaudeville. Le
dictionnaire à la main, on rassemble des rimes, (les
plus baroques sont les meilleures) ; on les range à
distances égales, on les maintient là à force de chevilles ;
s'il reste quelque place pour une idée, et qu'on en ait,
on tâche de l'y fourrer, mais en observant que ce qui
a l'air d'une pensée, vaut toujours mieux que la pensée
elle-même. Telle est la manière dont s'y prennent les
modernes *Faiseurs*, pour enrichir leurs ouvrages de ce
qu'ils appellent des *Couplets de facture* ; on voit par
conséquent que le genre de leur travail et leurs propres
expressions, nous autorisent à les nommer *Manufacturiers*.

A 3

mes très-sérieuses réflexions. . . . Oui, Messieurs, ne vous en déplaise, le Vaudeville est un grand criminel; et, sans aller plus loin, votre rare talent poétique n'est-il pas un de ses crimes ? n'est-ce pas à sa dangereuse facilité que vous devez votre existence littéraire ?.... Prouvons que le Vaudeville seul vous inspira l'idée d'être Auteurs dramatiques, et le Public qui connoît vos œuvres, va répéter en chœur : quel crime il a commis !

Si le ciel en naissant ne l'a formé Poëte. . . .
Pour lui Phébus est sourd et Pégase est rétif. . .

a dit Boileau, en parlant de celui qui veut pénétrer dans le sacré vallon. Cette idée pouvoit paroître fort bonne aux petits génies du siècle de Louis XIV; à cette époque, les sciences, les arts, les talens, étoient encore au berceau, et l'on avoit la bonhommie de croire qu'il falloit être doué de quelques dispositions naturelles pour posséder l'art d'écrire, soit en prose, soit en vers. Nous avons bien acquis depuis ce temps !... comme tout est perfectionné!

De nos jours la pensée de l'illustre Satyrique, est vraiment du dernier ridicule : à présent on a des calculs aussi certains pour faire de l'esprit, que ceux de Jean-Jacques pour faire de la musique : on n'a plus besoin d'être né Poëte, Phébus n'est plus sourd, il a de longues oreilles ; Pégase n'est plus rétif ; l'Hypocrène le rendoit fougueux ; pour l'appaiser, on le nourrit de chardons. Il suffit de vouloir être Poëte, pour le devenir à l'instant ; eh ! que de gens le veulent malgré tout le monde !

La fondation du Théâtre du Vaudeville fut la première époque de l'apparition subite d'une foule d'Auteurs. En voyant les *Barré*, les *Radet*, les *Piis* et autres Chansonniers estimables, obtenir chaque jour les suffrages mérités d'un Public connoisseur, tous les écoliers de seconde et de rhétorique, qui déjà se croyoient Poëtes, parce qu'ils avoient *rimés* quelques couplets pour la fête de leur grand-papa, abandonnèrent Quinte-Curce et Tite-Live pour les Etrennes d'Apollon : munis de ce recueil d'airs nouveaux, ils se mirent à l'ouvrage ; et sans connoissance de la scène, ni des règles de l'art dramatique, sans plan, sans usage du monde, à l'aide de quelques mauvaises phrases de prose, ils emmanchèrent ensemble une cinquantaine de plus mauvais couplets, qu'ils décorèrent pompeusement du titre de Vaudeville. En huit jours de temps, chaque Théâtre regorgeoit de ces chefs-d'œuvre in-promptu ; le Directeur se contenta d'en lire les deux premières pages ; et las de les colporter d'Administration en Administration, les Auteurs perdirent l'espoir d'obtenir les honneurs de la représentation ; mais ils ne perdirent point leur vocation dramatique. Ils voyoient Apollon leur tresser une couronne ; et ne voulant pas qu'il en fût pour ses frais, ils retournèrent au travail avec une nouvelle ardeur, en plaignant l'aveuglément et l'ignorance du Directeur qui avoit sottement refusé sa fortune en refusant leur ouvrage.

Une circonstance funeste fut la seconde époque à laquelle parut encore une bande de *Vaudevillistes* (1). Le régime de la terreur enfanta une nouvelle race d'Auteurs; depuis l'Écrivain du coin de la rue jusqu'au Commis de bureau, tous les barbouilleurs de papier prétendirent mériter un certificat de civisme en faisant une prétendue pièce patriotique. La torche de la discorde leur tint lieu du flambeau du génie ; ennemis déclarés de la rime comme de la raison, ils versifièrent en prose les harangues incendiaires des Orateurs de section, et modulèrent sur leur lyre anacréontique les hurlemens des assassins.

Cette horde de *Vaudevillistes* fut plus heureuse que la première : elle parvint sans peine à faire jouer ses chefs-d'œuvre révolutionnaires. Le fanatisme les inspira, la crainte les fit représenter ; aucun Directeur de Spectacle n'osa refuser une pièce patriotique ; aussi craintifs que lui, les spectateurs applaudirent

---

(1) Quelques personnes prétendent que ce mot n'est pas très-français : nous pensons cependant qu'on peut dire *Vaudevilliste*, comme on dit *Copiste*.

en cachant leurs bâillemens, et le Théâtre
devint une tribune de Société populaire,
où l'on chantoit gaîment le brigandage
et la mort.

Vive le Vaudeville!..... ses joyeux
refreins savent tout embellir; assaison-
nés par lui, les objets les plus sombres
prennent une teinte agréable, je viens
de le démontrer. Qu'on ne m'objecte
point que Thalie l'a rivalisé dans ce cas,
il est aisé de se convaincre du contraire:
que l'on prenne une grosse (1) de pièces
patriotiques, on y trouvera une seule
Comédie, tout le reste sera en Vaudevilles.

On demandera peut-être pourquoi le
Vaudeville a obtenu une préférence aussi
marquée? oh! la raison est bien simple,
c'est que Thalie est beaucoup plus exi-
geante que lui: elle est femme, et de-
mande des égards; mais avec le Vaudeville, on agit assez cavalièrement. Le

____

(1) Une *grosse*, terme de commerce, pour dési-
gner douze douzaines : il est bien permis d'emprunter
le langage des Marchands, quand on parle des produits
des *Manufacturiers*.

public qui siffle sans pitié une Comédie
médiocre, applaudit un Vaudeville dé-
testable ; un éloge délicat, un madrigal,
une épigramme, une pensée érotique,
un calembourg même, renfermé dans le
huitième vers d'un couplet, lui fait oublier l'ennui que lui ont causé les sept
premiers. Il est par conséquent plus
facile d'espérer des succès en se livrant
au genre du Vaudeville ; aussi tous ceux
qui débutent dans la carrière dramatique, s'empressent - ils de l'adopter,
tandis que l'on peut à peine citer deux
ou trois Auteurs connus dans les temples
de Thalie ou de Melpomène, et qui, par
délassement, se sont ensuite amusé à
semer des couplets dans quelque bluette
enfant de leurs loisirs.

Loin que le Vaudeville exige les connoissances nécessaires pour faire une
bonne Comédie, il force celui qui se
livre à ce genre, de négliger les règles
de l'art dramatique. Un plan bien conçu
et bien tracé, des scènes adroitement
filées, une marche fortement intriguée,
des caractères prononcés, un dialogue

concis , ne permettroient pas à nos meilleurs Chansonniers d'enrichir leur ouvrage de leurs aimables couplets : le Vaudeville est un enfant qui ne marche jamais droit au but vers lequel il tend ; il aime à s'égarer, à folâtrer sans cesse ; dès qu'il apperçoit une fleur, il s'écarte de sa route pour aller la cueillir ; il a même pour les fleurs un goût si prononcé , qu'il les prend toujours pour base de ses comparaisons : si sa manie continue, il deviendra un des meilleurs botanistes, et finira par mettre en couplets la *Flore* de Buc'hoz.

A propos de comparaison, on peut comparer une pièce en Vaudevilles à un ouvrage en marqueterie ; mais aussi, comme toute comparaison cloche, dit un vieil adage, il est facile d'enlever les ornemens de cette marqueterie sans nuire à l'ensemble de l'ouvrage. Pour s'en assurer, que l'on prenne le meilleur Vaudeville, par exemple L' . . . . toute réflexion faite, je n'en dirai pas le titre : je veux laisser à chaque auteur le plaisir de croire que j'allois nom-

mer

m'er une de ses pièces : que l'on prenne
donc le meilleur Vaudeville (1) fait depuis dix ans, et il y a de quoi choisir,
qu'on en ôte tous les couplets avec le
petit mot hors d'œuvre qui les amène,
et l'on verra, non pas que ce sera une
bonne comédie, mais que le dialogue
n'éprouvera aucune lacune, et que les
couplets ne tenoient nullement à l'ac-
tion : cependant comme il n'est pas de
règle sans exception, on rencontrera
peut-être quelque duo *de situation*, que
l'on ne pourra pas détacher sans entra-
ves ; mais alors on remarquera que ce
passage ne présente nulle idée saillante
et n'a jamais eu la gloire d'être ap-
plaudi : toutes les pensées piquantes
sont toujours hors du sujet, le grand
art du Vaudevilliste est de savoir les
amener adroitement ; mais quel que soit

____

(1) Un *Vaudeville*, dans sa véritable acception, ne
ressemble pas aux pièces que maintenant on appelle
ainsi : le Vaudeville proprement dit, est entièrement
en couplets ; telles sont *les Amours d'été* ; aussi les
Auteurs du Théâtre du Vaudeville ont-ils le soin d'annoncer leurs pièces sous le titre de *Comédies*..... Ce
titre est-il bien exact ? sont-ce bien des Comédies ?....

son talent, il lui est impossible de rendre ses jolis couplets partie intégrante de son ouvrage ; car la comédie devant être la peinture de la société, il ne sauroit y trouver des personnages et des actions assez variées pour lui offrir continuellement une foule d'individus qui aient la manie d'oublier l'objet qui les occupe, pour *faire de l'esprit* : d'ailleurs tous ceux qu'il fait parler ayant la même frénésie, manquent d'effets faute d'oppositions, et c'est réellement une classe de gens fort ridicules qu'il crée de sa propre autorité.

Si le Vaudevilliste vouloit se peindre et qu'il fut assez adroit pour saisir la ressemblance, il pourroit mettre à la scène un caractère neuf et vraiment original, celui d'un homme aimable, instruit, et qui cependant n'ayant pas le sens commun, rompt sans cesse la conversation, l'écarte de son objet, pour faire briller son esprit en plaçant une épigramme, une galanterie, un bon mot, une plaisanterie, par fois ridicules ; mais dès qu'il a fait sourire, il a rempli son but, et s'inquiète fort peu si, par ses propos déplacés, il a nui à ses propres intérêts, ou manqué aux égards dus à la société. Je conviens que, dans le monde, on rencontre des individus de cette espèce, mais ce n'est pas un motif suffisant pour que le Vaudevilliste prête à tous ses personnages en général un ridicule qui n'appartient qu'à quelques-uns en particulier.

L'usage a force de loi, et l'usage des chansonniers est devenu une des lois du Vaudeville : cette dangereuse habitude de donner à Gilles les moyens d'avoir de l'esprit comme Arlequin, a offert à tous les écrivassiers une facilité séductrice de travailler en Vaudevilles ; quand on n'est pas obligé d'avoir le sens commun, il est si aisé de montrer de l'esprit ! et puis on a de la mémoire, et puis le petit calepin sur lequel on écrit les bons mots, les saillies que l'on entend débiter dans la société . . . . eh bien, quand l'occasion s'en trouve, à la faveur d'une petite phrase amphigourique, on se sert de l'esprit des autres au risque d'être reconnu pour le geai paré des plumes du paon.

La pernicieuse facilité du Vaudeville a fait saisir ses pipeaux à une troisième classe d'auteurs, celle des *affamés*: Je n'examinerai pas si le proverbe a raison, lorsqu'il prétend que *ventre affamé n'a pas d'oreilles* ; j'observerai seulement que ceux - ci entendoient quelquefois sonner l'heure du dîner sans pouvoir se mettre à table ; comme l'habitude est une seconde nature et qu'on a fait contracter aux enfans celle de manger quand ils ont faim, ceux-ci recoururent au Vaudeville comme un moyen de satisfaire leur appétit. Incapables pour la plupart de créer un plan même de Vaudedeville, les voilà tous à l'affut du moindre évènement politique ou autre, et dès qu'un fait, une anecdote quelconque se présente, vingt-quatre heures après on voit annoncer une douzaine de pièces sur le même sujet, et toutes en Vaudevilles. Cette annonce est un coup de poignard terrible pour les moins diligens; ils ont été prévenus, leur pièce n'est pas finie ; quel dommage qu'il n'y ait pas une centaine de Théâtres à Paris, ils auroient tous en même temps leur petit Vaudeville sur l'anecdote du jour !.... Heureusement que le travail de ces auteurs de circonstance qui, cette fois se trouvent en retard, n'est pas entièrement perdu pour le public : les couplets, des scènes même toutes entières seront employés dans la pièce qu'ils feront sur le prochain évènement; c'est autant de besogne faite, et cette petite avance leur promet la priorité pour leur future production; d'ailleurs ils auront grand soin de lire les journaux aussi-tôt qu'ils paroîtront, et dès qu'ils auront eu le bonheur d'y rencontrer quelque sujet à traiter, avant de se mettre à l'ouvrage, ils courront chez le Directeur de leur Théâtre favori, lui demander lecture pour le lendemain; car ils ont entendu dire à Montmartre, que le premier venu au moulin engrêne.

Cette immense quantité de Chansonniers nés de la facilité du Vaudeville, est devenue très-nuisible au commerce dramatique ; les Auteurs qui, avant l'existence de ceux-ci, obtenoient du public de justes applaudissemens, et des Directeurs une honnête récompense de leurs travaux, ont éprouvé une forte diminution dans leurs honoraires ; rien de plus naturel, quand une marchandise est abondante son prix baisse ; et comme messieurs les Entrepreneurs de Spectacles ne se piquent pas d'être connoisseurs, peu leur importe la qualité, le bon marché les décide ; aussi leurs fournitures de Vaudevilles leur reviennent toujours à bien bon compte ; on pourroit même citer certain *Manufacturier très-habile* . (1)

____

(1) Ce Manufacturier a réellement une habileté toute particulière ; qu'on lui présente un canevas dialogué, et en une heure de temps au plus, il va le garnir d'un joli petit assortiment de couplets. Dans ses momens perdus, et il en a beaucoup, il fabrique des couplets de toutes les espèces, qu'il dépose dans des cartons étiquetés selon leur genre ; de sorte qu'à la seule inspection du titre des cartons, on peut choisir les couplets que l'on desire. Il faut avouer que rien n'est plus commode pour faire un Vaudeville *in-promptu*, et que tous les Manufacturiers doivent s'empresser d'adopter cette méthode dont je ne nomme pas l'inventeur, crainte de blesser sa modestie.

qui leur en donne à vingt sols par représentation, cela n'est pas cher!...

L'auteur qui sait se respecter ne s'abaisse point à recevoir, comme ces Manufacturiers, le salaire d'un manœuvre; il préfère garder son ouvrage, ou s'il consent à le laisser jouer, il ne réclame aucun payement; cependant l'homme-de-lettres le plus instruit a besoin de manger comme le plus grand ignorant, car la gloire n'a rien de nourrissant; avec la plus éclatante possible, et pas autre chose, on fait un fort mauvais dîner.

Il est pourtant vrai que, grâces au Vaudeville, d'ignorans agioteurs du perron du Parnasse, en usurpant le titre d'hommes-de-lettres, sont parvenus à le dégrader, et à obtenir une honteuse préférence sur des Auteurs estimables. Quelques personnes trouveront peut-être ridicule que des écoliers supplantent leur maître; mais qu'elles ne s'y trompent pas, tout est pour le mieux dans le meilleur des mondes possibles!... Remercions donc le Vaudeville d'avoir pénétré du feu poétique des milliers de mirmidons. Si quelque jour Apollon a besoin d'une armée de gens de plume, qu'il mette en réquisition les Manufacturiers de couplets, la recrue sera nombreuse et dans la force de l'âge ; car la plus grande partie de ces vigoureux athlètes littéraires compte à peine vingt printems : leur jeunesse lui fera peut-être douter qu'ils puissent glorieusement soutenir la lutte ; mais qu'il se rassure :

. . . . « Aux âmes bien nées,
» La valeur n'attend pas le nombre des années ».

Après avoir opéré la multiplication des Auteurs comme Jésus fit celle des pains, le Vaudeville fit un autre miracle ; il multiplia les Théâtres, et l'on vit quatorze Spectacles affichans (1)

―――――――――――――――――

(1) Les Théâtres du Vaudeville, de la rue Feydeau, de celle de Louvois, de Montansier, de la Cité, de l'Ambigu, de la Gaîté, des Jeunes-Artistes, de Lazzari, du Marais, de la rue du Bac, de Molière, des Délassemens, Sans-Prétention. On pourroit encore citer cinq ou six autres Théâtres qui n'affichoient pas, et qui jouoient des Vaudevilles.

annoncer des Vaudevilles ; qu'on n'objecte pas que ces théâtres existoient avant celui du Vaudeville, quatre ou cinq au plus étoient ouverts, les autres lui doivent leur origine.

Le Vaudeville, si commode pour les Manufacturiers, l'est également pour les Spéculateurs ; les frais qu'il exige ne sont pas considérables. On peut, sans grandes dépenses, monter des Vaudevilles , on n'a pas besoin d'Acteurs aussi consommés dans leur art que pour la plus faible Comédie ; il n'est pas même nécessaire qu'ils soient chanteurs, ils doivent, dit-on, *parler le couplet*, et quelques-uns possèdent ce talent à un si haut point de perfection, que le spectateur ne sait point sur *quel air ils parlent.* Un orchestre nombreux et de bons musiciens sont également inutiles ; les roucoulemens de ces petits *Garat*, soutiendroient mal une forte harmonie, et l'on peut très-bien jouer des Ponts-neufs sans avoir le talent de *Viotti.* Les frais de musique sont aussi modiques que ceux du poëme ; moyennant seize francs cinquante centimes, le citoyen Plourdeau fournit toutes les parties nécessaires. Comme il est commode le Vaudeville!.... on prend la musique de *Grétry*, *Méhul*, *Breton*, *Daleyrac*, *Lesueur*, on la copie, on l'exécute tant bien que mal, et l'on n'a rien à payer aux compositeurs. Il n'est peut-être pas de la plus exacte justice que l'on dispose de l'ouvrage des gens, sans même leur en demander la permission, et ils pourroient fort bien le trouver mauvais; mais si cela fait du tort aux compositeurs, en revanche c'est fort avantageux pour les Directeurs.

Tous ces moyens d'économie que présente le Vaudeville, lui méritèrent la préférence des gens à entreprise, et comme je viens de le dire, on vit pulluler les Théâtres; il y avoit si peu de dépense à faire, qu'en abandonnant le huitième des recettes pour payer le loyer de la salle, avec cent pistoles en poche on se faisoit Directeur de Spectacle.

Le Vaudeville a un penchant très-prononcé pour la multiplication ; nous avons vu qu'après avoir multiplié les Auteurs, il a multiplié les Théâtres : mais ce n'est pas tout, il a aussi multiplié les Acteurs ; l'un ne pouvoit gnères aller sans l'autre, car point d'Acteurs, point de Théâtres. On pensera peut-être que les Entrepreneurs ne trouvant pas assez de monde, eurent beaucoup de peine à former leurs troupes : nullement ; la facilité de composer le Vaudeville avoit fait des Auteurs, la facilité de le jouer fit des Acteurs ; combien de gens n'eussent jamais songé à monter sur les trétaux, si ce genre eut exigé le talent nécessaire pour débiter la plus mauvaise Comédie ! Mais pourvu que l'on soit en état de chanter l'air *de Marlbouroug*, on peut débuter dans un Vaudeville. Peu importe le timbre de l'organe, le Directeur ne cherche ni Bassetaille, ni Haute-contre, toutes les voix sont bonnes pour le Vaudeville. Aussi vit-on déserter des atteliers tous ces individus indolens pour qui le travail est un fardeau pénible ; l'oisive exis tence d'un histrion leur parut préférable à leurs utiles fatigues ; d'une main désœuvrée ils jetèrent leurs outils pour prendre des rôles ; et tandis que l'apprentif savetier fermoit son échoppe pour courir au Théâtre, la ravaudeuse sortit de son tonneau pour monter sur la scène.

C'est ainsi que se forma subitement une légion *d'Artistes* ; car c'est précisement cette classe d'Acteurs, qui, la première se décora de ce titre respectable. Presqu'aussi nombreux que les Manufacturiers de couplets, ils ne furent pas pas plus exigeans qu'eux pour leurs appointemens. Les Entrepreneurs n'auroient eu qu'à se louer de leurs spéculations, si, par son pouvoir, le Vaudeville eut aussi multiplié les Spectateurs ; mais leur nombre n'augmenta pas avec celui des Théâtres ; tout au contraire, chacun des derniers se ressentit cruellement des effets de la rivalité ; les Directeurs virent alors qu'ils ne pouvoient acquitter qu'une partie de leurs engagemens : pensant

qu'ils

qu'ils feroient beaucoup de jaloux en payant quelques-uns et ne donnant rien aux autres , ils préférèrent ne payer personne ; mettant donc de côté le produit des recettes , ils firent banqueroute à tout le monde. Il étoit impossible de se comporter plus sagement, on doit en convenir : et si les *Artistes* crient contre les Directeurs, ils ont tort ; qu'ils s'en prennent plutôt au Vaudeville qui les a fait Acteurs, au Vaudeville qui a fait des Entrepreneurs , au Vaudeville qui a fait des Auteurs , en un mot, au Vaudeville qui a fait faire des sottises à tant de gens.

Dira-t-on maintenant que le Vaudeville n'est pas criminel ?... J'avoue que c'est bien sans le vouloir ; mais il n'en est pas moins coupable : n'est-ce pas encore cet aimable criminel qui a répandu dans la société le goût des calembourgs ? Qu'on s'en amuse au spectacle , fort bien ; mais que sorti de là, chacun s'occupe à se torturer l'esprit et à défigurer la langue française, pour faire sur la pointe d'une aiguille un insipide jeu

de mots, c'est un abus que le bon goût
doit réprimer.

Sylvain Maréchal voudroit qu'une
bonne loi défendît aux femmes d'ap—
prendre à lire ; eh bien, moi, j'en de-
mande une bonne ou mauvaise qui les
oblige à apprendre soigneusement l'or-
thographe , mieux elles la sauront,
moins elles feront de calembourgs ,
moins elles souriront à ceux que leur
débitent journellement *les aimables* ,
parce qu'elles en sentiront mieux la
sottise et le ridicule.

Ce ne seroit pas sans de bonnes rai-
sons qu'on pourroit reprocher au Vaudeville d'avoir mis l'épigramme à la
mode ; à présent on ne se parle plus, on
ne s'écrit plus, sans se déchirer : on
embrasse son ami en lui lâchant une
épigramme, on fait la cour aux belles
avec des épigrammes , en un mot,
l'épigramme rivalise le calembourg; la
première est l'esprit des méchans, le
second est celui des sots. Mais cette
manie satyrique passera promptement:
ceux qui en sont atteints, s'ils n'en re-

çoivent pas quelque bonne leçon, s'empresseront de se corriger eux-mêmes.

« Car malgré les succès de l'esprit des méchans,
» On sent qu'on en revient toujours aux bonnes gens ».

Un reproche beaucoup plus grave qu'il est bien permis de faire au Vaudeville, c'est de contribuer essentiellement à la décadence du Théâtre français. Par son génie aimable et piquant, le Vaudeville séduit tous ceux qui ont du goût pour l'art dramatique, mais il les enchaîne loin du temple de Thalie; et tel qui, peut-être, fut devenu un de ses chantres favoris, ne voit plus qu'avec effroi ses règles austères; je l'ai déjà dit, et rien n'est plus vrai, le Vaudeville n'exige aucune des connoissances nécessaires pour faire une Comédie, et celui qui les possède ne peut pas en faire usage; que nos meilleurs chansonniers, en supprimant quelques vers de *la Métromanie*, y substituent des couplets dignes d'eux, et ils auront fait le plus detestable Vaudeville. Il est donc évident que ce genre malheureusement trop à la mode, en écartant de l'étude des grands maîtres, ceux mêmes qui pouvoient avoir quelques dispositions à marcher sur leurs traces, deviendra une des causes premières de la décadence du Théâtre français, naguères si florissant. Qu'on ne croie pas que celui qui s'est adonné au Vaudeville puisse aisément l'abandonner pour offrir son hommage à Thalie, outre l'attrait du plaisir qui le retient, et la folâtre gaîté qui, pour le dégoûter de son projet, lui fait appercevoir mille obstacles dans la route qu'il veut prendre, accoutumé à n'avoir que le caprice pour guide, il lui est bien plus difficile de se soumettre aux loix que la Comédie lui impose : non seulement les instans qu'il donna au Vaudeville sont totalement perdus, mais encore ils doublent la peine qu'il éprouve dans sa nouvelle carrière : car il est plus aisé de bien élever un enfant, que de le corriger de ses défauts. Si le jeune pâtre, dès son enfance, conduit ses troupeaux au sommet des montagnes, bientôt il courra sans crainte sur la pointe des rochers; mais s'il passe ses premières annnées à folâtrer dans la plaine, lorsqu'il voudra gravir le côteau , les précipices l'effrayeront, sa marche sera mal assurée, et peut-être ne pourra-t-il pas se garantir d'une chûte mortelle.

La gloire du Parnasse français exige que l'on mette un frein aux égaremens du Vaudeville, et le moyen d'y parvenir est aussi simple que facile; c'est de défendre à tous les Théâtres de Paris de jouer des pièces en vaudevilles, bien entendu que celui consacré spécialement à ce genre est excepté de la défense; il est aussi nécessaire qu'agréable, et s'il n'existoit pas , il faudroit le créer. En reservant à lui seul la représentation des Vaudevilles , on forcera une foule d'écrivassiers à finir leurs études , pour se livrer à des occupations qui puissent leur donner une existence dans la société. On fera rentrer dans leurs atteliers un très-grand nombre d'artisans qui ont abandonné leurs utiles travaux pour devenir de prétendus *Artistes* ; enfin on fera diminuer la quantité des Théâtres.

Ce dernier article pourra sembler d'abord un peu plus problématique; mais que l'on fasse attention que le répertoire de cinq ou six Théâtres est, pour la majeure partie, composé de Vaudevilles, que l'on examine toutes les affiches de Spectacles, et l'on verra que l'on joue depuis seize jusqu'à vingt Vaudevilles par jour, tandis que l'on ne représente que sept ou huit pièces d'autres genres. Il est donc clair qu'en ôtant aux Directeurs la ressource des Vaudevilles, on les forcera à quitter leurs entreprises, car si, privés de leurs petites pièces, ils veulent essayer de rivaliser quelque Théâtre, qui ait adopté un genre particulier, tel que l'Opéra, la Comédie, la Pantomime, ou même le Drame, il leur faudra des Auteurs, des Acteurs, des Décors, et les Recettes habituelles ne pouvant jamais couvrir les dépenses qu'entraînera cette nouvelle spéculation, ils seront obligés de renoncer à leur extravagant projet.

On pense généralement qu'il est à propos d'exciter l'émulation d'un Théâtre consacré à un genre distinctif, en lui donnant un rival ; en ce cas, laissons au Théâtre Favart le droit de rivaliser celui du Vaudeville, et que leur aimable concurrence double les plaisirs du public ; qu'ils fassent entre eux assaut d'épigrammes et de calembourgs, mais que l'on défende expressément à tous les autres Spectacles d'avoir autant d'esprit, ou d'en abuser comme eux.

Chaque jour on répète que toutes vérités ne sont pas bonnes à dire : je veux bien le croire ; mais comme on ne désigne pas celles que l'on peut mettre au grand jour, j'ignore si les vérités que je viens de me permettre sont de celles qu'il ne faut pas dire : qu'elles soient ou non de ce nombre, elles ne sont pas moins incontestables, en dépit de tous les apologistes du Vaudeville. Je sais que l'on me vantera ses agrémens, et il en a beaucoup ; mais il n'en est pas moins coupable ; tout au contraire, sans ses dehors séducteurs, il n'auroit aucun crime à se reprocher : ne sait-on pas que la terreur des mères, l'épouvantail des maris, en un mot ce que l'on est convenu d'appeler un *Roué*, est toujours l'homme du monde le plus aimable? Si l'on n'y prend garde, et qu'on ne se hâte de mettre un frein aux déportemens du Vaudeville, il se fera gloire de devenir le *Roué* du Parnasse: eh! ma foi, gare les Muses! le fripon est insinuant, plus adroit que tous les Poëtes ensemble qui n'ont pu porter atteinte à la chasteté des Neuf - Sœurs, le joyeux enfant les violera toutes, les unes après les autres.

F I N.

Imprimerie de D.-DUPRÉ, rue des Coutures-S.-Gervais, près l'égout de la Vieille-rue-du-Temple, N°. 446.